LA FRANCE
CONSOLÉE,
O D E.

Par Monsieur l'Abbé PELLEGRIN.

Avec un Difcours fur l'Ode.

A PARIS,

Chez PRAULT fils, Quai de Conti, vis-à-vis la defcente
du Pont Neuf, à la Charité.

M. DCC. XLIV.

AVEC PERMISSION.

LA FRANCE

CONSOLÉE,

O D E.

OIN, Faſte vain de Pindare ;
Loin, vol trop audacieux ;
Les Mers, où périt Icare,
Sont préſentes à mes yeux :
Je crains la même diſgrace.
Loin d'un ſang que l'âge glace,
Trop impétueux eſſors ;
D'une Muſe octogénaire,
La lenteur ne permet guere
Les Poëtiques tranſports.

A

Si, jufqu'à la double cîme,
Je porte mes foibles pas,
C'eft Louis qui me ranime :
Pour lui, que n'ofe-t-on pas ?
Il court aux Champs de Bellone ;
Je l'y fuis : Il frappe, il tonne ;
Mais fes coups font des bienfaits :
Jaloux de calmer la Terre,
Il ne déclare la Guerre
Qu'aux Ennemis de la Paix.

D'un Roi la vertu guerriere
Peut-elle mieux s'illuftrer ?
Minerve ouvre la carriere
Où Mars le preffe d'entrer :
A fon afpect, tout fuccombe ;
Menin, *Ypres*, *Furnes* tombe ;
Mais l'amour fuit la terreur ;
Il rend le premier hommage.
Le Vainqueur porte l'image
D'un Dieu pacificateur.

Sous une forme si chere,
Le Bienfaicteur des Mortels,
N'est plus un homme ordinaire;
Tous les cœurs sont ses Autels.
L'Apothéose est trop juste;
Jouis-en, Monarque Auguste,
Né pour faire des heureux :
Tu veux le repos du Monde ;
Mais qu'il s'en faut qu'on réponde
A des soins si généreux !

Quels Monstres, sur nos Rivages,
Vomit le Rhin en courroux !
Alsaciens, quels ravages
Ils vont exercer sur vous !
Tremblez ; mais, pour vous défendre,
Louis va tout entreprendre ;
Peut-on trembler sous ses loix ?
Les Palmes sont toutes prêtes :
Il interrompt ses Conquêtes,
Mais, pour de plus grands Exploits.

Il part, il vole, il arrive ;
Que de projets avortés !
Les Monftres, fur l'autre Rive,
Voudroient fe voir tranfportés.
Tout nous promet la Victoire :
Mais, en vain pour notre gloire,
Tout nous femble concourir.
Le Sort, en flattant nos Armes,
Nous garde un fujet d'alarmes,
Qu'on n'ofe nous découvrir.

Sous ces ombres du myftere,
Dont on couvre le danger,
Je reconnois un bon Pere
Qui craint de nous affliger.
O, bonté trop paternelle !
Mais je l'entens : Il appelle
Son Peuple faifi d'effroi.
Le calme au trouble fuccéde ;
On craint encor ; mais tout céde
Au plaifir de voir fon Roi.

Le zéle n'a plus d'obftacle ;
Mais, ô, trop funefte fort !
On le trouve, quel fpectacle !
Entre les bras de la Mort.
Ses jours touchent à leur terme ;
Mais fon cœur n'eft pas moins ferme.
Quels édifians adieux !
Quelle fageffe profonde !
Ses yeux, fermés pour le Monde,
Ne s'ouvrent que pour les Cieux.

Mort, en quel temps tu nous l'ôtes !
Ce tréfor nous eft repris,
Quand les Vertus les plus hautes
Nous en font voir tout le prix.
Roi.... Mais c'étoit peu de l'être.
Dans ce grand art, digne Maître,
Qui pouvoit mieux l'enfeigner ?
Jeune Efpoir du Diadême,
Son Fils, cet autre lui-même,
Alloit apprendre à régner.

QUELLE perte plus fatale ?
Bruits, dont les airs font remplis,
Vous frappez la Capitale
Du Grand Empire des Lys.
Sur les Rives de la Seine,
D'une inconfolable Reine
J'entens les gémiſſemens :
J'y vois un Peuple fidelle,
En pleurs, exhaler, comme elle,
Les plus tendres fentimens.

GRAND DIEU, témoin de nos larmes,
Nous implorons ton fecours ;
Daigne payer tant d'alarmes,
Et nous rends de fi beaux jours.
Tu m'entens.... Quel bruit s'éleve !...
Il s'accroît.... Seigneur, achéve....
Le miracle eft confirmé :
Il vit, ce Pere fi tendre ;
Mais, s'il aime, il vient d'apprendre
A quel point il eft aimé.

GARANS de notre tendreffe,
Régnez, tranfports les plus doux;
Eclatez, chants d'allégreffe;
Temples Sacrés, ouvrez-vous:
Que de nouvelles Etoiles,
De la Nuit perçant les voiles,
Faffent briller nos Palais:
Jours confacrés aux Conquêtes,
Devenez des jours de Fêtes,
Avant-coureurs de la Paix.

QU'ELLE fuive la Victoire.
France, je voi le Lorrain,
Ce fier Rival de ta gloire,
Prêt à repaffer le Rhin;
Pour prévenir fa défaite,
Précipitant fa retraite,
Venger nos Champs défolés.
Dieu, que l'Univers adore,
Pourfuis; un bienfait encore,
Et tous nos vœux font comblés.

Fiat pax in virtute tuâ.

DISCOURS
SUR L'ODE.

CE genre de Poëme n'eſt que trop négligé aujourd'hui. C'eſt-là ce qui m'a engagé à mettre ce Diſcours à la ſuite de l'Ode que je viens de donner au Public ſur l'heureux rétabliſſement de la ſanté du Roi, & que j'ai intitulée *la France conſolée*.

L'Auguſte Monarque dont le Ciel a fait un ſecond préſent à la Terre, brille de tant de vertus, qu'il nous ouvre un vaſte champ à célébrer la gloire & le bonheur de ſon Régne : Pouvons-nous enfreindre impunément les Regles que nos devanciers nous ont preſcrites ſur la forme de ce genre de Poëſie?

La difficulté nous rebute ; n'oſons-nous la ſurmonter? Il nous en coûtera quelques ſoins, mais le fruit que nous en recüeillirons, ne nous en dédommagera-t-il pas avec uſure? Les voici ces Regles.

Perſonne n'ignore que le nom d'Ode eſt le même que celui de Chant. S'il eſt un genre de Verſification, où la Nation Françoiſe puiſſe juſtement ſe vanter de l'avoir emporté ſur toutes les autres, c'eſt la *Chanſon* qu'on peut appeller *Ode Anacréontique*.

L'Ode, chez les Grecs & chez les Latins, étoit deſtinée à louer les Divinités fabuleuſes ; telle eſt, ſur toutes les autres, l'Ode Pindarique, qui a paru ſi difficile à Horace, que dans celle qu'il a adreſſée à Jules-Antoine, il avoue qu'elle eſt au-deſſus de ſes forces. La voici.

Pindarum quiſquis ſtudet æmulari
Iule, ceratis, ope Dedaleâ,
Nititur pennis, vitreo daturus
Nomina Ponto.

On

On ne prend pas le change ; on voit bien qu'il n'eſt ſi mo-
deſte que pour déferer à ſon Protecteur la gloire de chanter les
Victoires d'Auguſte.

Quoi qu'il en ſoit, ſi quelque Poëte Latin doit nous ſervir
de modéle dans la conſtruction de l'Ode, c'eſt ce même
Horace, qu'on peut appeller à juſte titre, le Poëte Lyrique de
tous les temps. Combien de Chanſons à boire n'ont-elles pas
été traduites de ſes Odes ? En voici un exemple.

Il ſe plaint à Poſthume du peu de durée de la vie, & l'invite
à en jouir par le plaiſir de la Table. En voici le texte.

> *Abſumet hæres cæcuba dignior*
> *Servata centum clavibus, & mero*
> *Tinget pavimentum ſuperbum.*
> *Pontificum meliore cænis.*

En voici le ſens, rendu en François dans un air à boire.

> *Ton héritier brûle d'envie*
> *De te voir ſortir d'une vie,*
> *Dont il jouira mieux que toi.*
> *Il boit ton bon vin par avance ;*
> *Veux-tu tromper ſon eſperance ?*
> *Commence à le boire avec moi.*

Je n'ai garde de donner ce Sixain pour une Traduction lit-
terale.

Ici, je me ſens arrêter tout court. Eh quoi ? me dira quelque critique outré, ou du moins quelque eſprit dégoûté, vous
nous promettez des Regles, & vous ne nous donnez que des
Chanſons ? Je croyois être allé au-devant de ce reproche, en
diſant que nos Chanſons étoient des Odes Anacréontiques.
Qu'on ne les honore, ſi l'on veut, que du nom de Stances,
elles n'en ſont pas moins ſujettes aux Regles preſcrites à l'Ode.

Mes Cenſeurs auroient-ils prétendu que mon Diſcours ſur
l'Ode n'eût été qu'un Ouvrage purement Didactique, dont la

B

sécheresse les auroit rebutés ? Je n'attendois pas cette récompense du soin que je prenois de ne les pas ennuyer ; si je n'avois eu en vûe que de les instruire des Regles de l'Ode, tout auroit été dit en peu de mots. Mais comme mes Censeurs sont mes Juges, recevons avec plus de docilité la loi qu'ils m'imposent : Voici du Didactique, avec toute l'aridité qui lui sert d'escorte ordinaire.

Les Odes Françoises n'avoient autrefois que le nom de Stances. Ronsard se vante d'avoir enrichi la Langue Françoise de ce nom, tiré du Grec, comme je l'ai déja dit.

Pasquier prétend que cet honneur est dû à Jacques Pelletier du Mans. Il appuye son sentiment de celui de du Bellay, mais tous les autres Auteurs contemporains s'accordent à restituer cette gloire à Ronsard, à qui la Langue Françoise doit la meilleure partie de la gloire où elle est parvenüe.

L'Ode Françoise, sur tout la Pindarique, demande beaucoup de noblesse & de grandeur, par la raison qu'elle commerce avec les Dieux. Voici comment en parle le grand Réformateur des mœurs & des vices de son temps : je veux dire Despréaux.

> L'Ode, avec plus d'éclat, & non moins d'énergie,
> Elevant jusqu'au Ciel son vol ambitieux,
> Entretient, dans ses Vers, commerce avec les Dieux ;
> Chante un Vainqueur poudreux au bout de la carriere, &c.
> Son style impétueux souvent marche au hazard ;
> Chez elle, un beau désordre est un effet de l'art.

Ces deux derniers Vers regardent les Auteurs Emules de Pindare ; mais comme le regne des Stances a précédé celui des Odes dans la République des Lettres, ne jugeons des dernieres que par les premieres, à qui elles doivent leur origine.

Il y a apparence que c'est l'Italie qui les a fait naître ; le nom de *Stances*, qui, en Italien, signifie *demeure*, marque le repos qu'elles doivent avoir, sur tout à chaque fin de Strophe.

Il y a des Strophes de quatre vers ou d'un plus grand nombre. Ces Strophes doivent être conformes à l'arrangement que nous mettons dans la premiere.

Qu'on me permette de revenir aux exemples, ils sont plus instructifs que les préceptes.

Voici donc un exemple tiré de Malherbe, sur les Stances, ou les Odes dont les Strophes sont de quatre vers.

> *La Mort a des rigueurs à nulle autre pareilles ;*
> *On a beau la prier :*
> *La cruelle qu'elle est se bouche les oreilles,*
> *Et nous laisse crier.*

Voici la seconde Strophe, à laquelle la premiere doit servir de regle.

> *Le Pauvre en sa cabanne où le chaume le couvre,*
> *Est sujet à ses loix ;*
> *Et la garde qui veille aux barrieres du Louvre,*
> *N'en défend point nos Rois.*

On voit bien par cet exemple, que le repos de ce qu'on appelle Strophe, est au second & au quatriéme vers, & que cet ordre n'étant pas observé, ce ne seroient que des Stances irregulieres.

Les Strophes de six vers doivent avoir leur repos au troisiéme & au sixiéme vers. En voici un exemple tiré de notre plus célebre Poëte lyrique, de l'Opera de Persée.

> *Les Dieux punissent la fierté ;*
> *Il n'est point de Grandeur, que le Ciel irrité*
> *N'abaisse quand il veut, & ne réduise en poudre :*
> *Mais un prompt repentir*
> *Peut arrêter la foudre*
> *Toute prête à partir.*

La remarque qu'il y a à faire sur ce beau sixain, c'est qu'un

Auteur qui le prendroit pour un modele de Strophe dans des Stances, les rendroit irrégulieres, s'il n'obfervoit pas précifément la même mefure de Vers, & le même repos au premier Terfet.

Les Strophes de dix & de onze Vers doivent fe divifer en un Quatrain, fuivi de deux Terfets. Je me fuis attaché à garder exactement cet ordre dans ma Traduction des Odes d'Horace: En voici une qui s'adreffe à Lollius.

> *Eft animus tibi*
> *Rerumque prudens, & fecundis*
> *Temporibus, dubiifque, rectus;*
> *Vindex avaræ fraudis, & abftinens,*
> *Ducentis ad fe cuncta, pecuniæ;*
> *Confulque, non unius anni,*
> *Sed quoties bonus, atque fidus*
> *Judex honeftum prætulit utili, &*
> *Rejecit alto dona nocentium*
> *Vultu, & per obftantes catervas*
> *Explicuit fua victos arma.*

Il s'en faut beaucoup que j'aye rendu les beautés de l'Original; mais j'ai tâché, autant qu'il m'a été poffible, de n'en point alterer le fens. Mes Lecteurs en vont juger.

> *Un an feul, la Pourpre Romaine*
> *T'a fait voir brillant à nos yeux;*
> *Mais chaque faifon nous raméne*
> *Un temps pour toi fi glorieux.*
> *Vaincre l'une & l'autre Fortune;*
> *Rejetter la brigue importune;*
> *Eftre inacceffible aux préfens;*
> *Lever toujours contre le vice*
> *Les étendarts de la Juftice,*
> *C'eft être Conful tous les ans.*

Je ne fçais fi je dois me flatter d'avoir fait dans cette Strophe l'Eloge du Conful & du Confulat, à l'exemple d'Horace; je ne la donne ici que pour marquer la forme du repos que l'Ode exige dans le Quatrain & dans les Terfets. Je n'ai pas toujours été fi régulier, & j'ai à me reprocher la premiere Strophe d'une Ode que j'ai donnée au Public, au fujet de la Statuë Equeftre de Louis le Grand, élevée à la Place de Vendôme. La voici.

Que de grandeur, que de nobleſſe
Dans ce monument éternel !
Eſt-ce un homme ? Il eſt ſans foibleſſe :
Eſt-ce un Dieu ? Non ; il eſt mortel.
Ne pourrai-je trouver un Titre ? . . . . .
Ciel ! ſois-en toi-même l'Arbitre ;
Pour tenir un juſte milieu,
Comment faut-il que je le nomme ?
Si c'eſt trop de l'appeller Dieu,
C'eſt trop peu de l'appeller Homme.

On voit bien dans cette Strophe, que la loi des Terfets eft violée, & que j'aurois dû me repofer au feptiéme Vers; mais j'ai fui la difficulté, comme bien d'autres Auteurs. Je n'ai pas été des derniers à me condamner, & je n'ai pas crû pouvoir m'en reprendre plus à propos que dans ce Difcours fur l'Ode. Je ne veux pas fervir d'exemple à faillir, & j'aurois mauvaife grace de vouloir réformer des abus, où je me ferois laiffé entraîner moi-même par trop de négligence, ou par quelqu'autre motif que ce puiffe être.

Qu'on ne foit pas étonné de me voir paffer de l'Ode au Sonnet; ils ont tant d'analogie enfemble, qu'ils doivent juftifier ma tranfition.

C'eft à l'Italie que l'un & l'autre doivent la naiffance; mais il y a apparence que le Sonnet n'eft venu qu'après l'Ode, puifqu'il n'en eft qu'une extenfion dans les deux premiers Quatrains, qui doivent être croifés de même rimes, moitié mafculines, moitié féminines.

On peut aifément le voir dans ce Sonnet, qu'on attribue à un illuftre Solitaire. Il fait l'éloge du Tabac en fumée; éloge qu'il tourne en morale pour lui-même.

> Doux charme de ma folitude,
> Brûlante Pipe, ardent Fourneau,
> Qui purges d'humeurs mon cerveau,
> Et mon efprit d'inquiétude :
> Tabac, dont mon ame eft ravie,
> Quand je te vois te perdre en l'air
> Auffi promptement qu'un éclair,
> Je vois l'image de ma vie ;
> Tu remets dans mon fouvenir
> Ce qu'un jour je dois devenir,
> N'étant qu'une cendre animée :
> Et tout d'un coup je m'apperçoi
> Que, courant après ta fumée,
> Je paffe de même que toi.

On n'a qu'à retrancher le premier des deux Quatrains, dont les rimes ne font pas les mêmes, comme elles devroient l'être, & le Sonnet deviendra une Strophe d'Ode très-réguliere, qui commencera ainfi :

> Tabac dont mon ame eft ravie, &c.

Ce genre de Poëme n'eft prefque plus ufité : je ne doute point que ce ne foit la difficulté qui l'ait fait profcrire. Defpréaux en fait Apollon l'inventeur; voici de quels traits il le peint : il fuppofe qu'Apollon,

> Voulant poufer à bout tous les Rimeurs François,
> Inventa du Sonnet les rigoureufes loix ;
> Voulut qu'en deux quatrains, de mefure pareille,
> La rime, avec deux fons, frappât huit fois l'oreille,
> Et qu'enfuite, fix vers, artiftement rangés,

Fussent en deux terfets par le sens partagés.
Sur-tout de ce Poëme il bannit la licence ;
Lui-même en mesura le nombre & la cadence ;
Défendit qu'un vers foible y pût jamais entrer,
Et qu'un mot déja mis ofât s'y rencontrer.

Je ne fuis pas furpris, après une peinture fi rebutante pour les pareffeux, que les plus hardis n'ofent pas franchir le péril, ou plûtôt la difficulté ; mais l'Ode étant beaucoup plus traitable, n'a pas dû être n'égligée au point qu'elle l'eft aujourd'hui.

Je n'ai parlé dans ce Difcours que de la ftructure, je laiffe à d'autres Auteurs à nous tracer les beautés dont elle doit être enrichie. On en peut puifer des exemples dans les Œuvres de nos prédéceffeurs, & même de nos contemporains ; mais qu'on fe garde bien de nous donner plus de feu que de lumiere.

Qu'on me permette d'ajoûter à ce Difcours quelques Pieces fugitives de ma façon, qui peuvent trouver ici leur place, par la conformité qu'elles ont avec mon Ode.

MADRIGAL.

LEs bienfaits volent fur les traces
Du plus aimable des Vainqueurs ;
C'eft par la conquête des cœurs
Qu'il prépare celle des Places.

AUTRE.

QUels Vive le Roi retentiffent !
Louis, les Lilois s'applaudiffent
De vivre fous tes douces loix.
Peuple heureux, voici ton falaire ;
Ton Roi, prenant un ton de Pere,
Te répond : Vivent mes Lilois.

AUTRE.

AU premier son de la Trompette,
Louis, nouveau Poliorcette (a) ;
Vole à des exploits glorieux.
Que de Remparts réduits en poudre !
Tel, Jupiter lance la foudre.
Poursuis, digne Emule des Dieux ;
Vengeur d'une juste querelle,
Prens Louis le Grand pour modelle ;
Tonne . . . . Où m'emporte trop d'ardeur ?
N'est-il point de route nouvelle
Qui méne à la gloire immortelle ?
Si j'ose lire dans ton cœur,
Ton choix à mes yeux se décele :
Tu veux, quel titre est plus flatteur ?
Tu veux que l'Europe t'appelle
Louis le Pacificateur.

(a) Poliorcete, fils de Démétrius, l'un des Successeurs d'Alexandre le Grand, surnommé Poliorcette, c'est-à-dire, Preneur de Villes.

FIN.

Vû. Permis d'imprimer. A Paris ce 15 Septembre mil sept cent quarante-quatre. *Signé*, MARVILLE.

www.ingramcontent.com/pod-product-compliance
Lightning Source LLC
Chambersburg PA
CBHW061427170626
46811CB00005B/2155